MANZONI.

TRADUCTION DE M. DE MONTGRAND.

MANZONI.

HYMNES SACRÉS,

SUIVIS DE

L'ODE SUR NAPOLÉON,

Traduction

DE M. DE MONTGRAND.

MARSEILLE,

Imprimerie de Marius Olive, 47 Paradis.

1837

INTRODUCTION.

Parmi les œuvres qui ont assigné à Manzoni une place si élevée dans le monde littéraire de notre siècle, ses *Promessi sposi* devaient naturellement, par leur genre, être la plus goûtée hors de la contrée où elle prit naissance : et qui ne sait, en effet, comment fut accueillie dans toute l'Europe cette délicieuse composition où l'intérêt est si puissant, dont le plan est si habilement conçu, la marche si parfaitement ordonnée, où le cœur de l'homme, sous ses divers aspects, est peint avec tant de vérité : cet ouvrage où la pensée, toujours si heureuse, est toujours si exactement rendue par la parole qui lui est propre, et par une parole pleine de charme et de pureté ; où un naturel si exquis s'allie avec un art si profond, parce que chez l'auteur l'art est le naturel même ; cet ouvrage enfin, et c'est ici le plus beau de ses titres, dont une morale si pure, une morale sublime comme la foi chrétienne d'où elle découle, a inspiré toutes les pages, versant ainsi dans l'âme du lecteur, par une voix semée d'attraits, mais des attraits les plus irréprochables, ses plus douces, ses plus pénétrantes persuasions ?

Il est cependant bien à regretter que les autres productions de cet auteur si justement renommé ne soient pas aussi généralement connues, disons plus, qu'elles ne puissent pas l'être, du moins en grande partie : car une grande partie, en effet, est en vers ; et quand jamais a-t-on vu des vers transportés d'une

langue dans une autre, sans qu'ils aient subi une grave alté-
ration? Pour la prose, le traducteur, s'il connaît parfaitement
l'idiome sur lequel il opère, s'il n'est pas étranger à l'art d'écrire
dans le sien propre, s'il ne recule pas devant un travail plus
opiniâtre peut-être que ne l'exigerait une composition dont il
serait lui-même le créateur, s'il sait enfin se pénétrer de la
pensée de l'auteur et s'identifier avec lui; ce traducteur, disons-
nous, à de telles conditions, pourra reproduire presque com-
plétement son modèle. Pour les vers, toutes ces conditions sont
loin de suffire; et c'est là une vérité trop connue et trop souvent
développée pour qu'il ne fût oiseux de la développer encore. Mille
exemples ont prouvé que la traduction d'une œuvre poétique,
si elle est faite en vers, n'en est, même sous la plume des hommes
les plus habiles, qu'une imitation plus ou moins heureuse, plus
ou moins fidèle, et, si elle est en prose, qu'une pâle esquisse,
d'autant plus pâle que l'original a plus d'éclat et présente plus
de beautés.

S'il est vrai que l'homme en général est porté naturellement
vers la vertu et qu'il l'aime là où il la rencontre, mais où il la
rencontre vraie, pure, s'inspirant d'elle-même et de son propre
cœur, on peut dire que l'une des causes, la principale sans
doute, pour lesquelles les œuvres de Manzoni ont un si grand
attrait, est que dans toutes son âme se peint avec la beauté qui
lui est propre et avec celle que lui donne le sentiment religieux
dont elle est profondément pénétrée. « C'est un catholique naïf
« et vertueux », disait Goëthe, l'un de ses plus dignes apprécia-
teurs. Un commentateur italien de Manzoni, dans des remarques
où il peint cet auteur et ses œuvres avec une grande vérité,
s'exprime ainsi :

« La poésie de Manzoni est franche et grave, rapide et abon-
« dante, délicate et profonde, chaude et pensée, simple au
« milieu même de l'art qui y préside : elle révèle le poète, parce
« qu'elle révèle le sentiment; et chez cet homme d'une trempe
« si peu commune, l'honnêteté du caractère et la candeur de
« l'âme aident à la force et à la dignité de l'esprit....... Manzoni

« n'est pas, je le sais, le premier des modernes qui ait osé
« se peindre lui-même dans ses vers ; mais il est celui qui,
« pour se peindre lui-même, a eu à exprimer les sentiments
« les plus délicats et les plus nobles. Plusieurs de ses illustres
« devanciers ont souvent mêlé au sentiment la passion, et n'ont
« été que trop vrais : Manzoni n'a d'autre passion que le bien.
« Presque jamais on ne trouve dans ses vers cette exagération
« qui rend la vérité même dangereuse ; et pour atteindre tout à
« la fois le beau et le bon à son plus haut degré, il n'a eu à
« s'inspirer que de son âme. Le sentiment dans ses œuvres est
« toujours éveillé, toujours ardent, toujours plein d'effet, mais
« toujours limpide, toujours calme et, que l'on me pardonne
« l'expression, toujours virginal........ Les vérités qu'il chante
« sont pures ; les sentiments qu'il exprime, innocents ; les pen-
« sées qu'il anime de sa voix, sublimes. L'imagination en lui
« est tempérée, est empreinte de grâces par tout ce qu'il y a de
« grâces dans son cœur ; son cœur est enflammé, fortifié par les
« méditations de son esprit ; son esprit est élevé par les doc-
« trines, inspiré par la religion. »

Lorsque le génie s'exerce, ou sur les choses du ciel pour en
frapper les yeux des hommes et y diriger leurs affections, ou
sur les vérités éternelles qui régissent le monde pour les faire
connaître, et sur les principes qui en dérivent pour les faire pra-
tiquer, il remplit dignement sa mission. Tel est Manzoni. Dans
son roman, ou dans l'œuvre qu'il faut bien appeler de ce nom,
quoique sous plus d'un rapport ce ne soit nullement celui dont
elle est digne, il a voulu mettre en honneur la vertu, mais la
vertu véritable, celle dont le christianisme seul a tracé les pré-
ceptes ; il a voulu attirer vers elle les cœurs [*]. Dans ses *Hymnes
sacrés*, c'est Dieu même, la source de toute vertu, qu'il glorifie,

---

[*] L'auteur, avec cette modestie qui chez lui est portée si loin qu'on serait
tenté de lui en faire un reproche, nous écrivait à propos des *Promessi sposi*
et des intentions qui l'avaient guidé dans cet ouvrage : « Ç'a été à peu près
« comme un bal pour les pauvres. » Oh ! certes, il se trompe ; c'est bien mieux.

et par la manière dont il le glorifie, il remue nos âmes et les appelle puissamment vers Dieu. Nul thème, pour nous servir des expressions du commentateur cité plus haut, n'était mieux selon l'excellence de l'âme de Manzoni, selon la dignité de son esprit. Dans ces hymnes, la fécondité de la pensée, la richesse des images, l'harmonie et la perfection du vers, vous surprennent et vous captivent. La poésie en est admirablement variée selon le genre du sujet. Touchante dans *Noël*, triste et attendrissante dans *la Passion*, elle prend dans *la Résurrection* le ton du triomphe, dans *la Pentecôte* celui des divines inspirations ; puis elle redevient, dans *le Nom de Marie*, simple et douce comme ce nom même. Mais que pourrions-nous de mieux, pour faire apprécier ces compositions, que de transcrire le jugement qu'en a porté l'écrivain célèbre dont nous avons cité un mot sur notre auteur ?

« Pour juger les choses du moment », dit Goëthe dans des remarques consacrées aux *Hymnes sacrés* de Manzoni, « les « avis peuvent différer ; mais la religion et la poésie, éternelles « l'une et l'autre, réunissent toutes les opinions sur leur solide « base. Ces vers nous ont émus ; et si nous en avons éprouvé de « l'étonnement, ce n'est certes pas pour le caractère de singu- « larité qu'on y remarque. Le génie de Manzoni est vraiment « poétique. Rien de plus connu que son sujet et tout ce qui a « rapport aux idées qu'il chante ; mais sa manière de les refon- « dre dans sa propre pensée, sa manière de les traiter, nous « paraît nouvelle et toute à lui.

« Ses hymnes sont au nombre de quatre seulement [*] : *la* « *Résurrection*, le fait fondamental de la religion chrétienne, « l'évangile par excellence : *le Nom de Marie*, nom qui, dans la « bouche de l'église la plus ancienne, répand sa suavité sur « toutes les traditions, sur toutes les doctrines : *Noël*, l'aurore « des espérances de tout le genre humain : *la Passion*, repré-

---

[*] Ces observations furent écrites avant que Manzoni eût publié son hymne cinquième, *la Pentecôte*.

« sentant la nuit et les ténèbres de tous les maux de la terre,
« au milieu desquels il plut à un Dieu bienfaisant de se plonger
« un moment pour notre salut.

« Ces quatre hymnes varient pour le ton, pour la pensée, pour
« le mètre : ils présentent tous une poésie vive et attrayante. Le
« sentiment qui y domine est simple : mais par une certaine
« hardiesse d'imagination, de métaphores, de transitions, ils
« s'élèvent au dessus de toute poésie d'un genre semblable, et
« ils invitent à les méditer.

« Ces poésies nous prouvent comment un sujet, quoique très
« connu, une langue, quoique employée depuis plusieurs siècles,
« peuvent reparaître toujours pleins de fraîcheur et de vie, s'il
« y a de la vie et de la fécondité dans le génie qui s'en empare.

« Et, soit dit sans offenser personne, un poète né catholique
« et élevé comme tel sait user des doctrines de son église beau-
« coup mieux que ne peuvent le faire les poètes d'autres con-
« fessions, forcés qu'ils sont de s'ingénier pour transporter leur
« imagination dans une sphère d'idées qui ne sera jamais la
« leur. » Singulier aveu, dit notre commentateur italien, dans
la bouche d'un protestant et d'un tel homme ; aveu d'autant plus
singulier que bien des gens en France (c'est toujours le commentateur qui parle) vont répandant qu'aux protestants appartient
en propre le sentiment religieux.

Il eût été curieux de voir comment le grand écrivain germa-
nique eût considéré l'ode de Manzoni sur la mort de Napoléon,
œuvre d'un genre différent encore de toutes ses autres poésies, et où le style pindarique parvient à une hauteur qu'il
serait difficile de surpasser. Ici les images les plus relevées
et les plus saisissantes se montrent ornées de tout ce que le vers
lyrique a de plus riche et de plus propre à retentir au cœur ;
et pour clore cette magnificence, le poète arrive, car il faut
toujours que le sentiment qui domine en lui apparaisse et se
retrouve, il arrive à un mouvement religieux plein de douceur,
de paix et de consolation. Cette ode, lorsqu'elle parut, pro-
duisit en Italie une véritable sensation ; l'éclat sembla même s'en

refléter sur les autres œuvres de son auteur et leur donner, s'il était possible, plus de prix encore, comme étant nées du même génie qui venait d'enfanter celle-ci. Elle est généralement regardée, cette ode, comme l'une des plus belles perles de la couronne poétique de Manzoni.

Après ce que nous avons dit plus haut sur la difficulté, sur l'impossibilité de traduire convenablement les ouvrages en vers, et avec le sentiment que nous devons avoir du surcroît apporté à cette impossibilité par notre insuffisance personnelle dans une semblable tâche, ne pourra-t-on pas très justement nous demander comment nous avons osé entreprendre précisément la traduction de ces hymnes si étincelants de beautés, de cette ode si sublime, de ces six morceaux de poésie qui opposent au travail du traducteur les plus désespérants obstacles? A cette question trop bien fondée nous répondrons que, dans notre admiration pour le joyau qu'il nous était donné de contempler, nous n'avons pu résister au désir de le montrer, même sous le voile qui en ternit le lustre, à ceux qui ne le connaissent point. Nous l'avons fait, convaincu par avance du peu de succès de notre labeur, mais, nous devons le dire, sans nous décourager par cette pensée, et en nous efforçant d'atteindre, sinon le bien parfait, puisque c'était impossible, du moins le mieux que pouvaient permettre la nature de l'œuvre et nos facultés : heureux si nous avons su nous rapprocher assez de notre inimitable modèle pour ne pas le présenter sous un jour qui le fasse méconnaître, et pour donner une sorte d'idée de tout ce qui constitue sa splendeur.

Les *Hymnes sacrés* sont pleins de réminiscences bibliques le plus heureusement amenées. Nous avons cru, dans la traduction, devoir indiquer les principales.

HYMNES SACRÉS.

ET

NOËL.

IL NATALE.

Qual masso, che dal vertice
Di lunga erta montana,
Abbandonato a l' impeto
Di romorosa frana,
Per lo scheggiato calle
Precipitando a valle,
Batte sul fondo e sta;

Là dove cadde, immobile
Giace in sua lenta mole;
Nè per mutar di secoli
Fia che riveggia il sole

NOËL.

Comme un roc détaché de la cime du mont tombe
lancé sur la pente escarpée, bondit à travers les éclats
qu'il fait voler sur son bruyant passage, jusqu'au fond
de la vallée, le frappe et s'arrête soudain;

Puis sa masse pesante y demeure immobile, et les
siècles se succéderont sans que jamais elle revoie le
soleil qui dorait ses hauteurs premières, à moins
qu'une force amie ne l'y vienne reporter :

De la sua cima antica,
Se una virtude amica
In alto nol trarrà :

Tal si giaceva il misero
Figliuol del fallo primo,
Dal dì che una ineffabile
Ira promessa, all' imo
D' ogni malor gravollo,
Onde il superbo collo
Più non potea levar.

Qual mai fra i nati a l' odio,
Qual era mai persona,
Che al Santo inaccessibile
Potesse dir : Perdona!
Far novo patto eterno?
Al vincitore inferno
La preda sua strappar?

Ecco ci è nato un Parvolo,
Ci fu largito un Figlio :
Le avverse forze tremano
Al mover del suo ciglio :
A l' uom la mano Ei porge,
Che si ravviva, e sorge
Oltre l' antico onor.

Tel gisait le misérable enfant de la première faute [1]
depuis le jour où un ineffable courroux, promis, hélas!
à son crime, le plongea dans l'abîme du malheur, d'où
sa tête orgueilleuse ne se pouvait redresser.

Qui désormais, des êtres nés sous la réprobation,
pouvait aller au Saint que nul n'approche et lui dire :
Pardonne! obtenir, et pour toujours, une alliance
nouvelle, arracher à l'enfer la proie que lui livra sa
victoire?

Un Enfant nous est né, un Fils nous est accordé [2]:
qu'il meuve le sourcil, et ses ennemis tremblent : il
tend la main à l'homme, qui se ranime et qui remonte
au delà même du rang d'où il était déchu.

Da le magioni eteree
Sgorga una fonte, e scende,
E nel borron dei triboli
Vivida si distende :
Stillano mele i tronchi :
Ove copriano i bronchi,
Ivi germoglia il fior.

O Figlio, o Tu, cui genera
L' Eterno eterno seco,
Qual ti può dir dei secoli :
Tu cominciasti meco?
Tu sei : del vasto empiro
Non ti comprende il giro :
La tua parole il fè.

E Tu degnasti assumere
Questa creata argilla?
Qual merto suo, qual grazia
A tanto onor sortilla?
Se in suo consiglio ascoso
Vince il perdon, pietoso
Immensamente Egli è.

Oggi Egli è nato : ad Efrata,
Vaticinato ostello,
Ascese un' alma Vergine,

Des demeures éthérées une source vive s'échappe à flots pressés, descend et se vient répandre dans le sombre ravin des ronces; de la lige des arbres le miel et sa douceur découlent; sur le sol que couvraient de sauvages bruyères, germe la brillante fleur [3].

O Fils! ô toi que l'Eternel engendre éternel avec lui, quel siècle te peut dire : Nous commençâmes ensemble? Tu es; la sphère du vaste empyrée ne saurait embrasser ta grandeur : c'est ta parole qui le fil.

Et tu ne dédaignas point pour ta propre substance une argile créée! Par quel mérite, par quelle grâce si grand honneur lui fut-il départi? Si le Très-Haut, dans le secret de ses conseils, veut que le pardon l'emporte, immense est sa miséricorde.

C'est aujourd'hui qu'il est né. Dans Ephrata, dans l'asile que marqua le prophète [4], est arrivée une Vierge, la gloire d'Israël, chargée du sublime fardeau :

La gloria d'Israello,
Grave di tal portato:
Da chi 'l promise è nato,
Dond' era atteso uscì.

La mira Madre in poveri
Panni il Figliuol compose,
E nell' umil presepio
Soavemente il pose;
E l' adorò : beata!
Innanzi al Dio prostrata,
Che il puro sen le aprì.

L' Angiol del cielo, agli uomini
Nunzio di tanta sorte,
Non dei potenti volgesi
A le vegliate porte;
Ma fra i pastor devoti
Al duro mondo ignoti,
Subito in luce appar.

E intorno a Lui, per l' ampia
Notte calati a stuolo,
Mille celesti strinsero
Il fiammeggiante volo,
E accesi in dolce zelo,

il est né de celui qui promit sa naissance, il vient
d'où il était attendu.

L'admirable Mère couvre de pauvres langes son
tendre Enfant; dans une humble crèche elle le pose
avec charme [5]; et puis, ô bienheureuse! elle adore,
prosternée, le Dieu à qui son chaste sein a donné le
jour.

L'Ange envoyé du ciel pour apporter aux hommes
la merveilleuse annonce ne se dirige point vers les
palais des grands; il vient à de simples pâtres, dévots
à Dieu, mais inconnus du monde; il vient, entouré
de lumière, tout-à-coup paraître à leurs yeux [6].

Descendus en foule, les esprits célestes, sillonnant
de flammes la vaste nuit, ont vers lui rapproché leur
vol; et, brûlants d'une douce ardeur, ils chantent,
comme on chante au ciel: Gloire à Dieu [7]!

Come si canta in cielo,
A Dio gloria cantar.

L'allegro inno seguirono,
Tornando al firmamento;
Fra le varcate nuvole
Allontanossi, e lento
Il suon sacrato ascese,
Fin che più nulla intese
La compagnia fedel.

Senza indugiar, cercarono
L' albergo poveretto
Quei fortunati, e videro,
Siccome a lor fu detto,
Videro in panni avvolto,
In un presepe accolto
Vagire il Re del ciel.

Dormi, o Fanciul, non piangere;
Dormi, o Fanciul celeste:
Sovra il tuo capo stridere
Non osin le tempeste,
Use su l' empia terra,
Come / cavalli in guerra,
Correr dinanzi a Te.

Ils prolongent l'hymne d'allégresse dans leur retour aux divines régions; le son sacré s'éloigne lentement en montant parmi les nuages, jusqu'à ce qu'il n'arrive plus à l'oreille des fidèles qu'il a charmés.

Sans tarder [8], ces heureux mortels vont chercher le pauvre gîte, et comme il leur fut dit [9], ils y voient, enveloppé de langes, pleurant dans une crèche [10], le Roi du ciel.

Dors, ô céleste Enfant, dors et ne pleure point : que sur ta tête les tempêtes n'osent gronder; les tempêtes qui, sur la terre impie, courent en précédant ta marche, comme des coursiers au combat [11].

Dormi, o Celeste: i popoli
Chi nato sia non sanno;
Ma il dì verrà che nobile
Retaggio tuo saranno;
Che in quell' umil riposo,
Che ne la polve ascoso
Conosceranno il Re.

Enfant céleste, dors : les peuples ne savent qui vient de naître; mais il arrivera le jour où ils seront ton noble héritage [12], où, dans cet humble repos, sous la poussière qui te cache, ils reconnaîtront leur Roi.

LA PASSION.

LA PASSIONE.

O tementi dell' ira ventura,
Cheti e gravi oggi al tempio moviamo,
Come gente che pensi a sventura,
Che improvviso s' intese annunziar.
Non s' aspetti di squilla il richiamo;
Nol concede il mestissimo rito.
Qual di donna che piange il marito,
È la vesta del vedovo altar.

Cessan gl' inni e i misteri beati,
Fra cui scende, per mistica via,

LA PASSION.

Redoutant une trop juste colère, marchons vers le
temple dans un grave silence aujourd'hui; marchons
comme des hommes dont l'annonce d'un malheur im-
prévu remplit toute la pensée. N'attendons point l'ap-
pel de l'airain sonnant; le rit d'un aussi triste jour ne
le saurait permettre. La robe de l'épouse qui pleure
son époux est celle dont, en son veuvage, l'autel a
revêtu la couleur.

Les hymnes cessent; ils cessent, les heureux mystères où, par une mystique voie, descend, sous des

Sotto l' ombra dei panni mutati,
L' Ostia viva di pace e d' amor.
S' ode un carme : l' intento Isaia
Profferì questo sacro lamento
In quel dì, che un divino spavento
Gli affannava il fatidico cuor.

Di chi parli, o Veggente di Giuda?
Chi è costui, che dinanzi a l'Eterno
Spunterà come tallo da nuda
Terra, lunge da fonte vital?
Questo fiacco pasciuto di scherno,
Che la faccia si copre d' un velo,
Come fosse un percosso dal cielo,
Il novissimo d' ogni mortal?

Egli è il Giusto che i vili han trafitto,
Ma tacente, ma senza tenzone;
Egli è il Giusto; e di tutti il delitto
Il Signor sul suo capo versò.
Egli è il Santo, il predetto Sansone,
Che morendo francheggia Israele,
Che volente a la sposa infedele
La fortissima chioma lasciò :

Quei che siede sui cerchi divini,
E d' Adamo si fece figliuolo;

dehors dont l'ombre seule demeure, l'Hostie vivante
et de paix et d'amour. Un chant se fait entendre; c'est
la lamentation sacrée qu'Isaïe, les yeux fixés sur l'avenir, prononça dans le jour où une divine épouvante
vint inspirer son triste cœur.

De qui parles-tu, Prophète de Juda? Quel est-il
celui qui doit paraître devant l'Eternel comme un
rejeton sorti de la terre dépouillée, loin de toute
source de vie; cet homme abattu sous le poids de ses
maux, abreuvé de mépris, qui se couvre la face d'un
voile, comme s'il était frappé du ciel et le dernier des
mortels [13]?

C'est le Juste que les méchants ont percé de leurs
coups et qui souffrit en silence : c'est le Juste, et sur
sa tête le Seigneur a versé le crime de tous [14]. C'est
le Saint, c'est le Samson prédit, qui par sa mort
affranchit Israël, qui volontairement a livré sa puis-
sante chevelure à son épouse infidèle.

Il siège dans les hauteurs célestes, et s'est fait enfant
d'Adam; il n'a point dédaigné de partager avec des

Nè sdegnò coi fratelli tapini
Il funesto retaggio partir.
Volle l' onte, e ne l' anima il duolo,
E le angosce di morte sentire,
E il terror che seconda il fallire,
Ei che mai non conobbe il fallir.

La repulsa al suo prego sommesso,
L' abbandono del Padre sostenne:
Oh spavento! l' orribile amplesso
D' un amico spergiuro soffrì.
Ma simile quell' alma divenne
Alla notte de l' uomo omicida:
Di quel sangue sol ode le grida;
E s' accorge che sangue tradì.

Oh spavento! lo stuol de' beffardi
Baldo insulta a quel volto divino,
Ove intender non osan gli sguardi
Gl' incolpabili figli del ciel:
Come l' ebro desidera il vino,
Ne le offese quell' odio s' irrita;
E al maggior dei delitti l' incita
Del delitto la gioia crudel.

Ma chi fosse quel tacito reo,
Che dinanzi al suo seggio profano

frères misérables leur héritage funeste : il a voulu souf-
frir la honte, il a voulu dans son âme divine sentir et
la douleur, et les angoisses de la mort, et l'effroi qui
accompagne la faute, lui qui ne sut jamais faillir.

Il fit une humble prière et en subit le refus; il subit
l'abandon de son père; il souffrit, ô terreur! l'horrible
embrassement d'un ami parjure. Mais l'âme où s'est
conçu le forfait devient semblable à la nuit du meur-
trier : le cri du sang s'y fait aussitôt seul entendre, et
maintenant elle connaît quel est le sang qu'elle a trahi.

O terreur! une troupe insolente insulte dans ses
railleries à ce visage divin vers lequel les purs enfants
du ciel osent à peine élever leurs regards : comme
l'ivresse appelle l'ivresse, la haine dans ces cœurs
s'irrite par les outrages qu'elle prodigue, et la joie
cruelle du crime la pousse au crime qui de tous fut
jamais le plus grand.

L'orgueilleux Romain ne sut point quel était ce
coupable dont la bouche ne proférait nulle plainte,

Strascinava il protervo Giudeo,
Come vittima innanzi a l' altar,
Non lo seppe il superbo Romano;
Ma fe' stima il deliro potente,
Che giovasse col sangue innocente
La sua vil sicurtade comprar.

Su nel cielo in sua doglia raccolto
Giunse il suono d' un prego esecrato:
I Celesti copersero il volto;
Disse Iddio: Qual chiedete sarà:
E quel Sangue dai padri imprecato
Sulla misera prole ancor cade,
Che mutata d' etade in etade
Scosso ancor dal suo capo non l' ha.

Ecco, appena sul letto nefando
Quell' Afflitto depose la fronte,
E un altissimo grido levando,
Il supremo sospiro mandò,
Gli uccisori esultanti in sul monte
Di Dio l' ira già grande minaccia;
Già da l' ardue vedette s' affaccia,
Quasi accenni: Fra poco verrò.

Oh gran Padre! per Lui che s' immola,
Taccia alfine quell' ira tremenda;

et que le Juif arrogant traînait à son tribunal profane
comme une victime à l'autel; mais sa puissance en
délire crut qu'il lui serait bon d'acheter sa vile sûreté
au prix du sang de l'innocence.

Au ciel recueilli dans sa douleur, parvint le son
d'une exécrable prière : les anges se couvrirent la face;
Dieu dit : Ce que vous demandez sera; et ce sang
qu'appela l'imprécation des pères tombe encore sur
leurs malheureux enfants, qui, se succédant d'âge en
âge, n'ont point encore soustrait leur tête à la tache
qu'il y vient imprimer.

A peine celui que tant de souffrance afflige a-t-il
baissé le front sur le lit odieux qu'on lui fit, et, pous-
sant un grand cri, rendu le dernier soupir, que déjà
le courroux de Dieu menace les meurtriers au milieu
de leur joie; déjà des hauteurs de la montagne il se
montre et semble dire : Dans peu je descendrai sur
vous.

O Père tout-puissant! qu'en faveur de celui qui
s'immole, ce redoutable courroux s'apaise; que par ta

E dei ciechi l' insana parola
Volgi in meglio, pietoso Signor.
Sì, quel sangue sovr' essi discenda;
Ma sia pioggia di mite lavacro:
Tutti errammo; di tutti quel sacro
Santo Sangue cancelli l' error.

E tu, Madre, che immota vedesti
Un tal Figlio morir su la croce,
Per noi prega, o Regina dei mesti,
Che il possiamo in sua gloria veder;
Che i dolori, onde il secolo atroce
Fa dei buoni più tristo l' esiglio,
Misti al santo patir del tuo Figlio,
Ci sien pegno d' eterno goder.

miséricorde la parole insensée de ces hommes aveuglés prenne, Seigneur, un autre sens. Oui, que ce sang tombe sur eux, mais comme une douce pluie qui les lave et les purifie : tous nous avons erré [15] ; qu'il vienne, ce sang divin, effacer l'erreur de tous.

Et toi, Mère, qui vis, muette au sein de la douleur, un tel Fils mourir sur la croix, Reine des affligés, prie pour nous : obtiens-nous de le voir dans sa gloire ; que les maux dont le siècle pervers aggrave pour les bons leur exil, nous soient, avec les saintes souffrances de ton Fils, un gage de bonheur éternel.

LA RÉSURRECTION.

LA RISURREZIONE.

È risorto : or come a morte
La sua preda fu ritolta?
Come ha vinte l' atre porte,
Come è salvo un altra volta
Quei che giacque in forza altrui?
Io lo giuro per Colui
Che da' morti il suscitò,

È risorto : il capo santo
Più non posa nel sudario;
È risorto : da l' un canto
De l' avello solitario

LA RÉSURRECTION.

Il est ressuscité : comment la mort s'est-elle vu ravir sa proie? comment a-t-il franchi les sombres portes? comment est-il sauvé, lui qui était resté sans vie en la puissance d'un ennemi? Et j'en jure par celui qui l'a rappelé d'entre les morts,

Il est ressuscité : sa tête sainte ne pose plus sur le suaire; à côté du tombeau solitaire, la pierre en est renversée : ainsi qu'un homme fort qui revient de l'ivresse, le Seigneur s'est réveillé [16].

Sta il coperchio rovesciato:
Come un forte inebriato
Il Signor si risvegliò.

Come a mezzo del cammino,
Riposato a la foresta
Si risente il pellegrino,
E si scote da la testa
Una foglia inaridita,
Che dal ramo dipartita
Lenta lenta vi ristè;

Tale il marmo inoperoso
Che premea l' arca scavata,
Gittò via quel Vigoroso,
Quando l' anima tornata
Da la squallida vallea
Al Divino, che tacea:
Sorgi, disse, io son con te.

Che parola si diffuse
Fra i sopiti d' Israele?
Il Signor le porte ha schiuse!
Il Signor, l' Emanuele!
O sopiti in aspettando,
È finito il vostro bando:
Egli è desso, il Redentor.

Comme le voyageur, reposant au milieu de sa course
à l'ombre de la forêt, secoue, lorsqu'il sort du sommeil,
une feuille flétrie qui, tombée lentement de la branche,
s'était arrêtée sur son front ;

Ainsi l'Etre tout-puissant rejeta le marbre inutile
qui pesait sur le sépulcre, lorsque son âme, revenant
du séjour des pâles lueurs, dit au céleste corps qui
gisait en silence : Lève-toi, me voici.

Quelle parole s'est répandue parmi ceux qui vécu-
rent en Israël? Le Seigneur vient d'ouvrir ces portes!
Le Seigneur! l'Emmanuel! Vous qui dormez en l'attendant, votre exil est à son terme : c'est lui, c'est le
Rédempteur!

Pria di Lui nel regno eterno
Che mortal sarebbe asceso?
A rapirvi al muto inferno,
Vecchi padri, Egli è disceso:
Il sospir del tempo antico,
Il terror de l' inimico,
Il promesso Vincitor.

Ai mirabili Veggenti,
Che narrarono il futuro,
Come il padre ai figli intenti
Narra i casi che già furo,
Si mostrò quel sommo Sole,
Che parlando in lor parole,
A la terra Iddio giurò:

Quando Aggeo, quando Isaìa
Mallevaro al mondo intero
Che il Bramato un dì verrìa;
Quando assorto in suo pensiero
Lesse i giorni numerati,
E de gli anni ancor non nati
Daniel si ricordò.

Era l' alba, e molli il viso
Maddalena e l' altre donne
Fean lamento in su l' Ucciso:

Quel mortel avant lui serait monté au céleste royaume? Il descend à l'enfer muet, vieux pères, pour vous en enlever: lui, l'attente des jours anciens, la terreur de l'ennemi, le vainqueur promis aux souffrances.

Aux merveilleux voyants qui racontèrent l'avenir, comme un père raconte à ses fils attentifs les faits qui déjà s'accomplirent, se montra ce soleil d'ineffable splendeur que, par leur bouche, Dieu jura de donner à la terre,

Lorsqu'Aggée, lorsqu'Isaïe garantirent au monde la venue du Désiré; lorsque, absorbé dans sa pensée, Daniel y lut les jours comptés, et se rappela les années qui étaient encore à naître.

L'aube paraissait à peine: les saintes femmes, et Madelène entre elles, le visage empreint de douleur, allaient gémissant sur la mort du Crucifié: mais soudain

Ecco tutta di Sionne
Si commosse la pendice;
E la scolta insultatrice
Di spavento tramortì.

Un estranio giovinetto
Si posò sul monumento :
Era folgore l' aspetto,
Era neve il vestimento :
A la mesta che 'l richiese
Diè risposta quel cortese :
È risorto; non è qui.

Via coi pallii disadorni
Lo squallor de la viola :
L' oro usato a splender torni :
Sacerdote, in bianca stola,
Esci ai grandi ministeri,
Fra la luce dei doppieri
Il Risorto ad annunziar.

Da l' altar si mosse un grido :
Godi, o Donna alma del cielo,
Godi; il Dio cui fosti nido
A vestirsi in nostro velo,
È risorto, come il disse :

la montagne de Sion s'ébranle; les soldats qui gar-
daient le tombeau en insultant à la victime, tremblent
et pâlissent d'effroi.

Un jeune homme inconnu est assis sur le monu-
ment : sa figure est éblouissante, son vêtement est
plus blanc que la neige : à celle dont l'affliction l'in-
terroge, sa douce parole répond : Il n'est plus là, il
est ressuscité [17].

Qu'ils disparaissent les habits dépouillés d'orne-
ments et sur lesquels la violette avait jeté sa pâleur;
que de nouveau l'or resplendisse : ministre des saints
mystères, viens, paré de la blanche couleur, éclairé
du feu des flambeaux, aux grandes fonctions qui t'at-
tendent; viens annoncer celui qui est ressuscité.

De l'autel retentissent ces paroles : Reine du ciel,
réjouis-toi; le Dieu qui dans ton sein revêtit le voile
de notre nature est ressuscité comme il l'avait dit :
prie pour nous; il a prescrit que ta prière soit une
loi [18].

Per noi prega: Egli prescrisse,
Che sia legge il tuo pregar.

O fratelli, il santo rito
Sol di gaudio oggi ragiona;
Oggi è giorno di convito;
Oggi esulta ogni persona;
Non è madre, che sia schiva
De la spoglia più festiva
I suoi bamboli vestir.

Sia frugal del ricco il pasto;
Ogni mensa abbia i suoi doni;
E il tesor negato al fasto
Di superbe imbandigioni
Scorra amico a l' umil tetto;
Faccia il desco poveretto
Più ridente oggi apparir.

Lunge il grido e la tempesta
De' tripudi inverecondi:
L' allegrezza non è questa
Di che i giusti son giocondi;
Ma pacata in suo contegno,
Ma celeste, come segno
De la gioia che verrà.

O nos frères, le rit sacré n'est aujourd'hui que de joie; c'est aujourd'hui le jour des doux festins; il n'est personne aujourd'hui qui ne marque l'allégresse; il n'est mère qui de leurs plus beaux habits de fête n'ait soin de parer ses enfants.

Qu'il soit frugal, le repas du riche; que nulle table ne soit déshéritée; et que de l'or refusé au faste des banquets somptueux, celle du pauvre, sous son humble toit, ait une part qui la rendra plus riante.

Loin de nous les fêtes mondaines avec leur tumulte et leur bruit : ce n'est point de semblable joie que jouit le cœur des justes; mais d'une joie douce et paisible, mais d'une joie céleste, qui est comme le signe de celle qui les attend un jour.

Oh beati! a lor più bello
Spunta il sol de' giorni santi.
Ma che fia di chi rubello
Mosse, ahi stolto! i passi erranti
Su la via che a morte guida?
Nel Signor chi si confida
Col Signor risorgerà.

Heureux mortels! pour eux l'aurore des jours saints se montre et plus belle et plus pure. Mais que deviendra-t-il, hélas! le rebelle dont les pas s'égarent sur la voie qui conduit à la mort? O fatale démence! Qui dans le Seigneur se confie ressuscite avec le Seigneur.

LA PENTECOTE.

LA PENTECOSTE.

Madre dei Santi, immagine
De la Città superna,
Del Sangue incorruttibile
Conservatrice eterna,
Tu, che da tanti secoli
Soffri, combatti, e preghi,
Che le tue tende spieghi
Da l' uno a l'altro mar;

LA PENTECOTE.

Mère des Saints, image de la Cité céleste, conservatrice éternelle d'un incorruptible Sang, toi qui depuis
tant de siècles souffres, combats et pries, dont les
tentes se déploient de l'une à l'autre mer ;

Campo di quei che sperano,
Chiesa del Dio vivente,
Dov' eri mai? qual angolo
Ti raccogliea nascente,
Quando il tuo Re, dai perfidi
Tratto a morir sul colle,
Imporporò le zolle
Dal suo sublime altar?

E allor, che da le tenebre
La diva spoglia uscita,
Mise il potente anelito
De la seconda vita;
E quando in man recandosi
Il prezzo del perdono,
Da questa polve al trono
Del Genitor salì;

Compagna del suo gemito,
Conscia de' suoi misteri,
Tu, de la sua vittoria
Figlia immortal, dov' eri?
In tuo terror sol vigile,
Sol ne l' obblio secura,
Stavi in riposte mura,
Fino a quel sacro dì,

Toi, le champ de ceux qui espèrent, Eglise du Dieu
vivant, où étais-tu, quel lieu secret te recélait à ta
naissance, lorsque ton Roi, traîné par les méchants
à la mort, du haut de son autel sublime rougit de son
sang la terre?

Et lorsque sa divine dépouille, sortant du ténébreux
séjour, émit le souffle puissant de sa seconde vie; et
lorsque, le prix du pardon dans sa main, il remonta
de la poussière d'ici-bas au trône de son Père;

Associée à ses douleurs, initiée à ses mystères, toi,
la fille immortelle de sa victoire, où étais-tu? Saisie
de crainte et sans autre soin que de veiller dans le
péril, oubliée, et dans cet oubli cherchant ta sûreté,
des murs écartés te recueillirent jusqu'en ce jour sacré

Quando su te lo Spirito
Rinnovator discese,
E l'inconsunta fiaccola
Ne la tua destra accese;
Quando, segnal dei popoli,
Ti collocò sul monte,
E ne' tuoi labbri il fonte
De la parola aprì.

Come la luce rapida
Piove di cosa in cosa,
E i color varii suscita,
Ovunque si riposa;
Tal risonò moltiplice
La voce de lo Spiro:
L'Arabo, il Parto, il Siro
In suo sermon l' udì.

Adorator de gl' idoli,
Sparso per ogni lido,
Volgi lo sguardo a Solima,
Odi quel santo grido.
Stanca del vile ossequio,
La terra a Lui ritorni:
E voi, che aprite i giorni
Di più felice età,

Où sur toi descendit l'esprit rénovateur, où il alluma
dans ta main le flambeau qui ne doit point s'éteindre,
te plaça sur la montagne comme un phare à la vue des
peuples [19], et dans ta bouche ouvrit à la parole la
source d'où elle allait découler.

Comme, au gré de la lumière courant d'objet en
objet, apparaissent les diverses couleurs sur chaque
point qu'elle frappe, telle en sons multipliés retentit
la voix de l'Esprit divin : Arabes, Parthes, Syriens,
tous l'entendirent en leur langage.

Adorateurs des idoles, répandus en toutes régions,
tournez vos regards vers Solyme, écoutez cette voix
sainte : que, lasse du vil hommage qu'elle a rendu à
l'erreur, la terre enfin revienne à celui qui est : et vous
par qui s'ouvrent les jours d'un âge plus prospère,

Spose, cui desta il subito
Balzar del pondo ascoso,
Voi già vicine a sciogliere
Il grembo doloroso;
A la bugiarda Pronuba
Non sollevate il canto:
Cresce serbato al Santo
Quel che nel sen vi sta.

Perchè, baciando i pargoli,
La schiava ancor sospira?
E il sen, che nutre i liberi,
Invidiando mira?
Non sa, che al regno i miseri
Seco il Signor solleva?
Che a tutti i figli d' Eva
Nel suo dolor pensò?

Nova franchigia annunziano
I cieli, e genti nove;
Nove conquiste, e gloria
Vinta in più belle prove;
Nova, ai terrori immobile,
E a le lusinghe infide,
Pace, che il mondo irride,
Ma che rapir non può.

Epouses que réveille le subit tressaillement du fruit caché dans votre sein, vous dont bientôt les flancs se délivreront de leur douloureux fardeau, n'élevez pas vos chants vers la fausse protectrice de vos joies maternelles [20] : c'est au Dieu saint qu'est réservé celui qui va naître de vous.

Pourquoi, dans les baisers qu'elle donne à ses tendres enfants, l'esclave soupire-t-elle encore, et voit-elle d'un œil d'envie le sein où le fils né libre se nourrit? Ne sait-elle donc pas que le Seigneur élève avec lui les malheureux vers le royaume qu'il leur destine, que toute la race d'Eve eut part à sa pensée au jour de sa propre douleur?

Les cieux annoncent une liberté nouvelle et des peuples nouveaux; ils annoncent de nouvelles conquêtes et une gloire plus dignement acquise que les gloires passées; une nouvelle paix que n'altèrent ni les craintes, ni les trompeuses espérances, une paix dont le monde se rit, mais qu'il ne peut ravir à ceux qui la possèdent.

Oh Spirto! supplichevoli
A' tuoi solenni altari;
Soli per selve inospite,
Vaghi in deserti mari;
Da l' Ande algenti al Libano,
D' Ibernia a l' irta Haiti,
Sparsi per tutti i liti,
Ma d' un cor solo in Te,

Noi t' imploriam: placabile
Spirto, discendi ancora
Ai tuoi cultor propizio,
Propizio a chi t' ignora;
Scendi e ricrea: rianima
I cor nel dubbio estinti;
E sia divina ai vinti
Il Vincitor mercè.

Discendi, Amor; negli animi
L' ire superbe attuta:
Doma i pensier, che il memore
Ultimo dì non muta:
I doni tuoi benefica
Nutra la tua virtude:
Siccome il sol, che schiude
Dal pigro germe il fior;

O souverain Esprit! regarde-nous suppliants aux
pieds de tes autels; seuls dans les forêts désertes,
errants sur les vastes mers, des Andes glacées au
Liban, des rivages d'Hibernie à la sauvage Haïti, répandus en tous lieux sur la terre, mais n'ayant qu'un
seul cœur en toi,

Nous t'implorons: Esprit miséricordieux, descends
vers nous encore, propice à qui t'adore, propice à qui
ne te connaît point; descends et renouvelle la vie;
rappelle-la dans les cœurs que le doute a fait mourir,
et que les vaincus aient leur vainqueur pour divine
récompense.

Descends, toi qui es tout amour; éteins dans les
âmes les haines orgueilleuses; dompte les pensées que
l'heure suprême et son aspect redoutable ne change
point: que ta grâce bienfaisante alimente tes dons;
car le soleil échauffe en son germe trop lent la fleur
qu'il fait éclore;

Che lento poi su le umili
Erbe morrà non colto,
Nè sorgerà coi fulgidi
Color del lembo sciolto,
Se fuso a lui ne l' etere
Non tornerà quel mite
Lume, dator di vite,
E infaticato altor.

Noi t' imploriam : nei languidi
Pensier de l' infelice,
Scendi, piacevol Alito,
Aura consolatrice :
Scendi bufera ai tumidi
Pensier del violento;
Vi spira uno sgomento,
Che insegni la pietà.

Per Te sollevi il povero
Al ciel, ch' è suo, le ciglia :
Volga i lamenti in giubilo,
Pensando a Cui somiglia :
Cui fu donato in copia,
Doni con volto amico,
Con quel tacer pudico
Che accetto il don ti fa.

Mais bientôt elle languira sur l'herbe qui l'entoure et mourra sans s'être élevée en étalant les brillantes couleurs de son calice développé, si vers elle ne revient, répandue dans le vague de l'air, cette douce lumière qui donne la vie et de qui tout ce qui a vie reçoit un intarissable secours.

Nous t'implorons : descends, haleine suave, souffle consolateur, dans les tristes pensées de l'homme malheureux ; descends, ouragan impétueux, dans les pensées menaçantes de celui qu'agite la colère : fais-y pénétrer un effroi qui le conduise à la pitié.

Que par toi l'indigent lève les yeux vers le ciel qui est à lui [20]; qu'il change ses plaintes en des accents de joie, en pensant à qui il ressemble : que l'homme auquel il fut beaucoup donné donne à son tour, avec ce bienveillant regard, avec ce modeste silence qui font mieux agréer le don.

Spira dei nostri bamboli
Ne l' innocente riso;
Spargi la casta porpora
A le donzelle in viso;
Manda a le ascose vergini
Le pure gioie ascose;
Consacra de le spose
Il verecondo amor.

Tempra dei baldi giovani
Il confidente ingegno;
Reggi il viril proposito
Ad infallibil segno;
Adorna la canizie
Di liete voglie sante;
Brilla nel guardo errante
Di chi sperando muor.

Respire dans les jeux innocents de l'enfance; sur le front de la jeune fille répands une chaste rougeur; verse au cœur de la vierge cachée les pures joies cachées comme elle; consacre dans le sein de l'épouse son doux et pudique amour.

Modère en l'homme jeune son aventureuse audace; guide les pas de l'âge mur vers un but qui ne trompe point; embellis la vieillesse des saints désirs qui réjouissent; brille dans le vague regard de celui qui meurt en espérant.

LE NOM DE MARIE.

IL NOME DI MARIA.

Tacita un giorno a non so qual pendice
Salia d' un fabbro nazaren la sposa;
Salia non vista a la magion felice
        D' una pregnante annosa;

E detto salve a lei, che in reverenti
Accoglienze onorò l' inaspettata,
Dio lodando sclamò: Tutte le genti
        Mi chiameran Beata.

LE NOM DE MARIE.

Un jour, sur je ne sais quel coteau, montait en silence l'épouse d'un ouvrier nazaréen; elle montait, sans être vue, vers l'heureuse demeure d'une femme que les joies de l'enfantement attendaient aux approches de la vieillesse.

Et après qu'elle eut salué cette femme dont le respect accueillit sa visite inattendue, elle s'écria louant Dieu: Toutes les nations m'appelleront bienheureuse ¹.

Deh! con che scherno udito avria i lontani
Presagi allor l' età superba! Oh tardo
Nostro consiglio! oh de gl' intenti umani
     Antiveder bugiardo!

Noi testimoni che a la tua parola
Obbediente l' avvenir rispose,
Noi serbati a l' amor, nati a la scola
     De le celesti cose,

Noi sapiamo, o Maria, ch' Ei solo attenne
L' alta promessa che da te s' udia,
Ei che in cor la ti pose: a noi solenne
     È il nome tuo, Maria.

A noi Madre di Dio quel nome suona:
Salve Beata! che s' agguagli ad esso
Qual fu mai nome di mortal persona,
     O che li vegna appresso?

Salve Beata! in quale età scortese
Quel si caro a ridir nome si tacque?
In qual dal padre il figlio non l' apprese?
     Quai monti mai, quali acque

Avec quel superbe mépris le siècle eût alors entendu ce lointain présage! O impuissance des conseils humains! Oh! combien est trompeuse leur prévoyance!

Mais nous qui avons vu l'avenir soumis à ta parole pour la vérifier, nous réservés à l'amour des choses du ciel et nés à leur école,

Nous savons, ô Marie, que l'Eternel s'est chargé d'accomplir la haute promesse que ta bouche fit entendre, nous savons qu'il la mit dans ton cœur : pour nous solennel est ton nom, ô Marie.

A nos oreilles ce nom sonne comme celui de la Mère de Dieu. Salut, ô Bienheureuse! Qui des mortelles créatures eut jamais un nom qui se puisse égaler au tien, ou qui seulement en approche?

Salut, ô Bienheureuse! En quel siècle rude et grossier ne fut point prononcé ce nom si doux à redire? en quel siècle le père ne l'apprit-il point à son fils? quels sont les monts, quelles sont les eaux

Non l' udiro invocar? La terra antica
Non porta sola i templi tuoi, ma quella
Che il Genovese divinò, nutrica
          I tuoi cultori anch' ella.

In che lande selvagge, oltre quai mari
Di sì barbaro nome fior si coglie,
Che non conosca de' tuoi miti altari
          Le benedette soglie?

O Vergine, o Signora, o Tuttasanta,
Che bei nomi ti serba ogni loquela!
Più d' un popol superbo esser si vanta
          In tua gentil tutela.

Te, quando sorge, e quando cade il die,
E quando il sole a mezzo corso il parte,
Saluta il bronzo, che le turbe pie
          Invita ad onorarte.

Nelle paure della veglia bruna
Te noma il fanciulletto; a Te tremante,
Quando ingrossa ruggendo la fortuna,
          Ricorre il navigante.

Qui ne l'entendirent invoquer? La terre ancienne
ne porte pas seule tes temples; mais celle que le hardi
Génois devina voit ses peuples aussi te décerner leur
culte.

En quelles landes sauvages, au delà de quelles
mers, si barbare qu'en soit le nom, une fleur est-elle
cueillie qui ne connaisse les saintes marches de tes
consolants autels?

O Vierge, ô Reine, ô Toute-Sainte, quels beaux
noms en toute langue sont les tiens! Plus d'un peuple
superbe se glorifie de vivre sous ton aimable patro-
nage.

Lorsque le jour vient de naître, et lorsqu'il est près
de finir, et lorsqu'au milieu de son cours le soleil le
partage, c'est toi que le bronze salue, rappelant aux
pieuses populations les honneurs qui te sont dus.

C'est toi que l'enfant nomme dans les frayeurs de
ses veilles nocturnes; c'est à toi, quand les flots s'élèvent et grondent, que le nautonier tremblant a recours.

La femminetta nel tuo sen regale
La sua spregiata lagrima depone,
E a Te, Beata, de la sua immortale
    Alma gli affanni espone;

A Te, che i preghi ascolti e le querele
Non come suole il mondo, nè degl' imi
E dei grandi il dolor col suo crudele
    Discernimento estimi.

Tu pur, Beata, un dì provasti il pianto:
Nè il dì verrà che d' obblianza il copra:
Anco ogni giorno ne se parla; e tanto
    Secol vi corse sopra.

Anco ogni giorno se ne parla e plora
In mille parti : d' ogni tuo contento
Teco la terra si rallegra ancora,
    Come di fresco evento.

Tanto d'ogni laudato esser la prima
Di Dio la Madre ancor quaggiù dovea;
Tanto piacque al Signor di porre in cima
    Questa Fanciulla ebrea.

La femme pauvre et obscure verse dans ton sein royal ses larmes méprisées ailleurs; c'est à toi qu'elle confie les chagrins de son âme immortelle;

A toi qui écoutes les prières et les plaintes, mais non comme les écoute le monde, et sans faire, comme il la fait, une distinction cruelle de la douleur des faibles à la douleur des grands.

Et toi aussi, ô Bienheureuse, un jour tu connus les larmes; et jamais ce jour par un autre ne sera couvert d'oubli: à toute heure encore on en parle; et pourtant bien des siècles ont passé sur ce jour.

A toute heure encore on en parle, on en pleure en mille lieux; de chacune de tes joies la terre avec toi se réjouit encore, comme d'un bonheur tout récent:

C'est ainsi que même ici-bas la Mère de Dieu devait plus que nul autre être louée; c'est ainsi que le Seigneur a voulu placer au faîte de la gloire cette jeune fille que la Judée vit naître.

O prole d' Israello, o nell' estremo
Caduta, o da sì lunga ira contrita,
Non è Costei che in onor tanto avemo
     Di vostra gente uscita?

Non è Davidde il ceppo suo? con Lei
Era il pensier de' vostri antiqui Vati,
Quando annunziaro i verginal trofei
     Sovra l' inferno alzati.

Deh! alfin nosco invocate il suo gran nome,
Salve, dicendo, o de gli afflitti scampo;
Inclita come il sol, terribil come
     Oste schierata in campo.

O race d'Israël, race au comble de l'abaissement, et sur qui s'appesantit une si longue colère, celle que nous environnons de tant d'hommages n'est-elle pas sortie d'entre vous?

David n'est-il pas la souche d'où elle est née? C'est elle que voyait la pensée de vos anciens prophètes, lorsqu'ils annoncèrent les trophées d'une Vierge élevés sur l'enfer.

Ah! revenez enfin; avec nous invoquez son grand nom; comme nous, dites-lui: Salut, ô toi, le refuge des affligés et leur consolatrice, éclatante comme le soleil, terrible comme une armée rangée sur le champ du combat [23].

LE CINQ MAI.

ODE.

IL CINQUE MAGGIO.

Ei fu; siccome immobile,
Dato il mortal sospiro,
Stette la spoglia immemore
Orba di tanto spiro,
Così percossa, attonita
La terra al nunzio sta;

Muta pensando all' ultima
Ora dell' uom fatale,
Nè sa quando una simile
Orma di piè mortale
La sua cruenta polvere
A calpestar verrà.

LE CINQ MAI.

Il n'est plus : comme, après son soupir de mort, sa dépouille glacée est demeurée immobile, veuve de la grande âme qui l'animait, ainsi la terre, à cette annonce, demeure interdite et muette, en pensant à l'heure dernière de l'homme du destin ; elle ne sait quand jamais le pied d'un mortel viendra, d'un pas semblable, fouler sa poussière ensanglantée.

Lui sfolgorante in soglio
Vide il mio genio e tacque :
Quando con vece assidua
Cadde, risorse, e giacque,
Di mille voci al sonito
Mista la sua non ha :

Vergin di servo encomio
E di codardo oltraggio
Sorge or commosso al subito
Sparir di tanto raggio,
E scioglie all' urna un cantico,
Che forse non morrà.

Dall' Alpi alle Piramidi,
Dal Mansanàre al Reno,
Di quel securo il fulmine
Tenea dietro al baleno;
Scoppiò da Scilla al Tanai,
Dall' uno all' altro mar.

Fu vera gloria? ai posteri
L' ardua sentenza; nui
Chiniam la fronte al Massimo
Fattor, che volle in Lui
Del creator suo spirito
Più vasta orma stampar.

Je l'ai vu éclatant sur le trône, et j'ai gardé le silence : quand tour à tour il est tombé, s'est relevé pour retomber encore, ma voix ne s'est point mêlée au son de mille autres voix : vierge de louanges serviles comme de lâches outrages, le génie qui m'inspire se soulève aujourd'hui dans mon sein : à la disparition subite d'une splendeur si grande, il s'émeut, et sur l'urne funéraire il fait entendre un chant qui peut-être ne mourra point.

Des Alpes aux Pyramides, du Mançanarès au Rhin, sa foudre infaillible suivait l'éclair ; de Scylla au Tanaïs, de l'une à l'autre mer, les éclats en retentirent. Cette gloire fut-elle une vraie gloire ? A nos neveux ce difficile jugement : pour nous, baissons le front devant le souverain auteur de toutes choses qui a voulu imprimer en lui plus profonde une trace de son esprit créateur.

La procellosa e trepida
Gioia d' un gran disegno,
L' ansia d'un cor, che indocile
Serve pensando al regno,
E 'l giunge, e tiene un premio
Che era follia sperar,

Tutto ei provò : la gloria
Maggior dopo il periglio,
La fuga, e la vittoria,
La reggia, e il tristo esiglio,
Due volte nella polvere,
Due volte sugli altar.

Ei si nomò : due secoli,
L' un contro l'altro armato,
Sommessi a Lui si volsero
Come aspettando il fato :
Ei fe' silenzio, ed arbitro
S' assise in mezzo a lor.

Ei sparve, e i dì nell' ozio
Chiuse in sì breve sponda,
Segno d' immensa invidia,
E di pietà profonda,
D'inestinguibil odio,
E d' indomato amor.

La frémissante joie d'un grand dessein, les bouil-
lonnements d'un cœur indocile qui obéit à regret en
rêvant un trône, qui l'atteint, qui possède ce qu'il
semblait folie d'espérer, toutes ces tempêtes de l'âme,
il les a éprouvées; et la gloire plus grande après le
péril, la fuite et la victoire, les palais et le triste exil,
deux fois dans la poussière, deux fois sur les autels.

Il se nomma : deux siècles, l'un contre l'autre armés,
se tournèrent soumis vers lui, comme attendant de
sa parole leur destinée. Il commanda le silence, se fit
arbitre suprême, et s'assit au milieu d'eux. Il disparut;
et sa vie, condamnée aux loisirs, fut renfermée sur
un étroit rivage, indice et théâtre à la fois d'immense
envie et de pitié profonde, de haine que rien ne pouvait éteindre, d'amour que rien ne pouvait comprimer.

Come sul capo al naufrago
L' onda s' avvolve e pesa,
L' onda su cui del misero
Alta pur dianzi e tesa
Scorrea la vista a scernere
Prode remote invan;

Tal su quell' alma il cumulo
Delle memorie scese.
Oh! quante volte ai posteri
Narrar se stesso imprese,
E sulle eterne pagine
Cadde la stanca man!

Oh! quante volte al tacito
Morir d' un giorno inerte,
Chinati i rai fulminei,
Le braccia al sen conserte,
Stette, e dei dì che furono
L' assalse il sovvenir.

E ripensò le mobili
Tende, e i percossi valli,
E il lampo dei manipoli,
E l' onda dei cavalli,
E il concitato imperio,
E il celere obbedir.

Comme l'onde roule pesante sur la tête du naufragé,
qui naguères de ses hauts regards en parcourait l'éten-
due jusqu'à des plages en vain éloignées, de même
avec son poids immense descendit sur cette âme la
masse de ses souvenirs. Oh! que de fois il entreprit
de se raconter lui-même à la postérité! et sa main
tombait lassée sur des pages dès lors éternelles.

Que de fois, vers le silencieux déclin d'un jour de
longue inertie, les yeux baissés et cachant leur foudre,
les bras croisés sur la poitrine, il s'arrêta, et les choses
d'autrefois assaillirent en foule sa mémoire! Alors
revenaient s'y peindre et les mobiles tentes, et les
murs battus en brèche, et l'éclair des drapeaux, et les
vagues des escadrons, et le feu du commandement,
et la rapide obéissance.

Ahi! forse a tanto strazio
Cadde lo spirto anelo;
E disperò: ma valida
Venne una man dal cielo,
E in più spirabil aere
Pietosa il trasportò;

E l' avviò sui floridi
Sentier della speranza,
Ai campi eterni, al premio
Che i desiderii avanza,
Ov' è silenzio e tenebre
La gloria che passò.

Bella, immortal, benefica
Fede ai trionfi avvezza,
Scrivi ancor questo: allegrati;
Chè più superba altezza,
Al disonor del Golgota,
Giammai non si chinò.

Tu dalle stanche ceneri
Sperdi ogni ria parola:
Il Dio che atterra e suscita,
Che affanna e che consola,
Sulla deserta coltrice
Accanto a Lui posò.

Ah! peut-être sous une si grande ruine son âme accablée fléchit et désespéra : mais du ciel vint, avec toute sa puissance, une main secourable qui le transporta dans un air plus doux à respirer, lui ouvrit les sentiers fleuris de l'espérance, lui montra les champs éternels, prix au dessus du désir même, séjour où la gloire qui passe n'est que silence et profonde nuit.

O foi que tant de douceur accompagne, foi immortelle et bienfaisante, parmi les triomphes auxquels tu es accoutumée, écris ce triomphe de plus : réjouis-toi ; car jamais hauteur plus superbe devant toi ne s'est inclinée, à la honte de Golgotha. Eloigne de sa cendre fatiguée toute parole d'offense : le Dieu qui abat et relève, qui afflige et console, sur la couche déserte a reposé près de lui.

NOTES.

(¹) Filius iniquitatis. — *Reg.*, II , III , 34.

(²) Parvulus enim natus est nobis, et filius datus est nobis. — *Is.*, IX , 6.

(³) Stillabunt montes dulcedinem....., et fons de domo Domini egredietur, et irrigabit torrentem spinarum. — *Joël*, III , 18.

(⁴) Et tu Bethleem Ephrata parvulus es in millibus Juda : ex te mihi egredietur qui sit dominator in Israël, et egressus ejus ab initio, à diebus æternitatis. — *Mic.*, V , 2.

(⁵) Et pannis eum involvit et reclinavit eum in præsepio. — *Luc.*, II , 7.

(⁶) Et ecce angelus domini stetit juxtà illos, et claritas dei circumfusit illos. — *Luc.*, II , 9.

(⁷) Et subitò facta est cum angelo multitudo militiæ cælestis, laudantium Deum et dicentium : Gloria in altissimis Deo. — *Luc.*, II , 13-14.

(⁸) Et venerunt festinantes...... — *Luc.*, II , 16.

(⁹) Cognoverunt de verbo quod dictum erat illis..... — *Luc.*, II , 17.

(¹⁰) Invenietis infantem pannis involutum et positum in præsepio. — *Luc.*, II , 12.

(¹¹) Quia venit dies Domini, quia propè est dies tenebrarum et caliginis, dies nubis et turbidinis......

Quasi aspectus equorum, aspectus eorum, et quasi equites sic current. — *Joël*, II, 1-2-4.

(¹²) Populus enim tuus est et hereditas tua.—*Reg.*, III, VIII, 51.
Dabo tibi gentes hereditatem tuam, et possessionem tuam terminos terræ. — *Ps.*, II, 8.

(¹³) Et ascendet sicut virgultum coram eo, et sicut radix de terrà sitienti; non est species ei, neque decor : et vidimus eum, et non erat aspectus, et desideravimus eum.

Despectum et novissimum virorum, virum dolorum, et scientem infirmitatem : et quasi absconditus vultus ejus et despectus, undè nec reputavimus eum.

Verè languores nostros tulit, et dolores nostros portavit; et nos putavimus eum quasi leprosum, et percussum à Deo et humiliatum. — *Is.*, LIII, 2-3-4.

(¹⁴) Et posuit Dominus in eo iniquitatem omnium nostrùm. — *Ibid.*, 6.

(¹⁵) Omnes nos quasi oves erravimus.—*Ibid.*, LIII, 6.

(¹⁶) Et excitatus est tanquam dormiens Dominus, tanquam potens crapulatus à vino. — *Ps.*, LXXVII, 71.

(¹⁷) Surrexit, non est hic.—*Marc.*, XVI, 6.

(¹⁸) Regina cœli, lætare, quia quem meruisti portare resurrexit sicut dixit. Ora pro nobis Deum. —*Antiph. ad Virg.*

(¹⁹) Et elevabit signum in nationibus procul.—*Is.*, V, 26.

(²⁰) *Pronuba* est le mot du texte. C'était un surnom de Junon, que l'on disait présider aux mariages et aux accouchements.

(²¹) Beati pauperes, quia vestrum est regnum Dei.—*Luc.*, VI, 20.

(²²) Beatam me dicent omnes generationes.—*Luc.*, I, 48.

(²³) Electa ut sol, terribilis ut castrorum acies ordinata. — *Cant.*, VI, 9.

* 9 7 8 2 3 2 9 7 3 3 6 8 5 *